AF360301

VENTE DU JEUDI 13 JUIN 1889

HOTEL DROUOT, SALLE N° 5

à 3 heures

TRÈS BEAU SERVICE

De Toilette et de Voyage

EN VERMEIL, ÉPOQUE LOUIS XIV

AYANT APPARTENU A

S. M. MARIE-ANNE D'AUTRICHE

Reine de Portugal

Mᵉ Léon TUAL	M. A. BLOCHE
COMMISSAIRE-PRISEUR	EXPERT
56, rue de la Victoire, 56	25, rue de Châteaudun, 25

EXPOSITION PUBLIQUE :

LE MERCREDI 12 JUIN 1889

de 1 heure 1/2 à 5 heures 1/2

CATALOGUE

DE

TRÈS BEAU SERVICE

de Toilette et de Voyage

EN VERMEIL CISELÉ & GRAVÉ

Époque Louis XIV

AYANT APPARTENU A

S. M. MARIE-ANNE D'AUTRICHE

Reine de Portugal

DONT LA VENTE AURA LIEU

HOTEL DROUOT. SALLE N° 5

Le Jeudi 13 Juin 1889, à 3 heures

Par le ministère de **Mᵉ LÉON TUAL**, Commissaire-Priseur

56, rue de la Victoire, 56

Assisté de **M. A. BLOCHE**, Expert

25, rue de Châteaudun, 25

CHEZ LESQUELS SE DISTRIBUE LE PRÉSENT CATALOGUE

EXPOSITION PUBLIQUE

Le Mercredi 12 Juin 1889, de 1 heure 1/2 à 5 heures 1/2.

CONDITIONS DE LA VENTE

Elle sera faite expressément au comptant.

Les acquéreurs payeront, en sus de leur adjudication, *cinq pour cent* applicables aux frais.

L'exposition mettant les acquéreurs à même de se rendre compte des objets vendus, aucune réclamation ne sera admise une fois l'adjudication prononcée.

Paris. — Imprimerie de l'Art. E. Mɪɴᴀʀᴅ ᴇᴛ Cⁱᵉ, 41, rue de la Victoire.

DÉSIGNATION

Magnifique Service de toilette et de voyage en argent finement ciselé, gravé et doré, de l'époque Louis XIV. Travail vieux Paris [1].

Il avait été commandé sans doute pour un des Princes de la famille royale d'Espagne, branche des Bourbons, ainsi que l'indique un des blasons, offert ensuite à la reine Marie-Anne, archiduchesse d'Autriche, femme de Joseph Ier, roi de Portugal, dont on voit également les armoiries. La reine le donna plus tard à D. M. I. della Cerda Castillo Branco, de la famille de Beduido, sa dame d'honneur.

Il se compose de :

Un grand miroir monté à chevalet, avec encadrement à fronton couvert d'un dessin très fin,

[1]. Ces objets ayant séjourné en Portugal portent, avec les poinçons du vieux Paris, le contrôle du Portugal et certains contrôles étrangers des différents pays par lesquels ils sont passés. Mais le goût si pur qui domine dans la forme des pièces et le caractère du travail nous autorisent à le croire français.

ornements gravés, bordure perlée en relief,
avec agrafes ciselées et repercées à coquilles,
feuillages et lis. Au milieu du fronton, se
détache un mascaron tête de femme couronnée
de fleurs, gracieuse allégorie du Prin-
temps.

Aiguière forme casque, décorée d'ornements
finement gravés, avec mascaron tête de femme
au-dessus du blason. Le piédouche, à godrons,
est rattaché à l'aiguière par des nœuds de
rubans. Le culot est orné de motifs en relief,
coquilles, entrelacs et palmes.

Bassin forme oblongue, à bords contournés
bordés de canaux et décoré, sur le marli, de
treillages et d'ornements gravés, avec blason
au centre.

Deux coffrets à bijoux, décorés sur toutes
les faces d'élégants ornements en gravure, avec
blason au centre du couvercle dans un médaillon,
bordure à moulure très saillante cannelée.
Posant sur quatre griffes feuillagées.

Deux flambeaux, fuseaux en forme de gaine
à quatre faces décorées de fleurs et d'ornements, offrant autour du pied des dessins fleu-

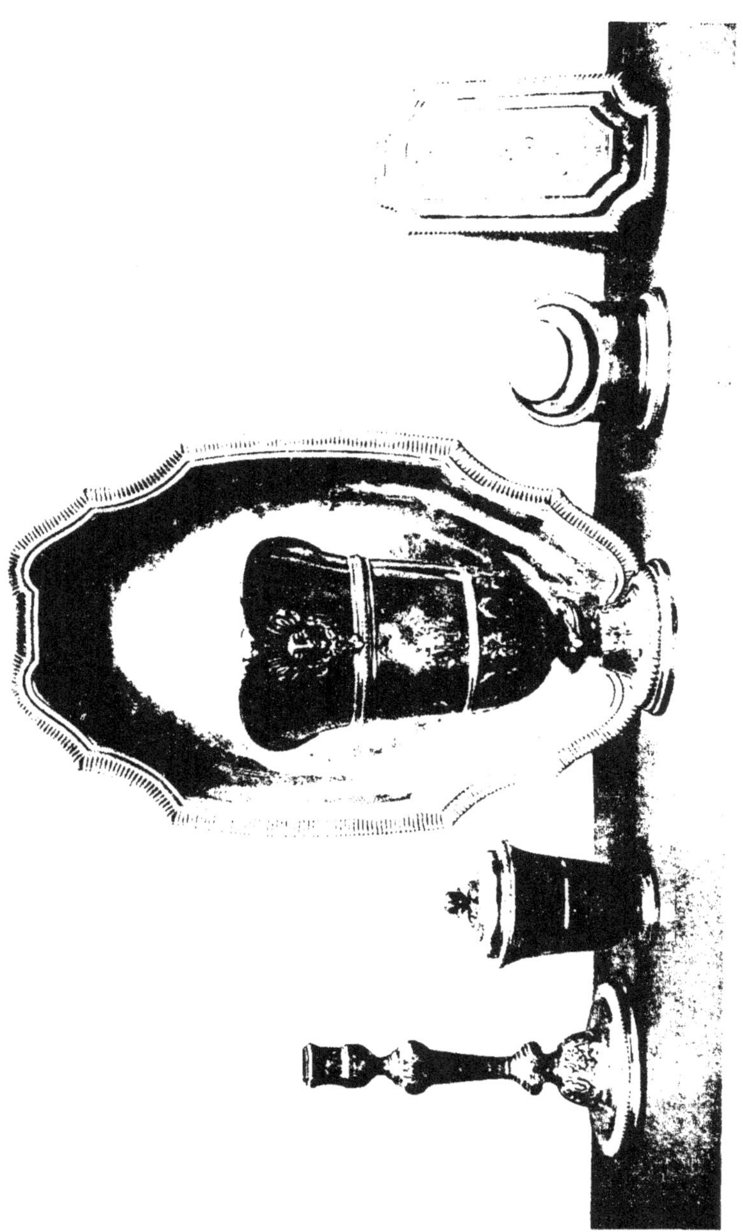

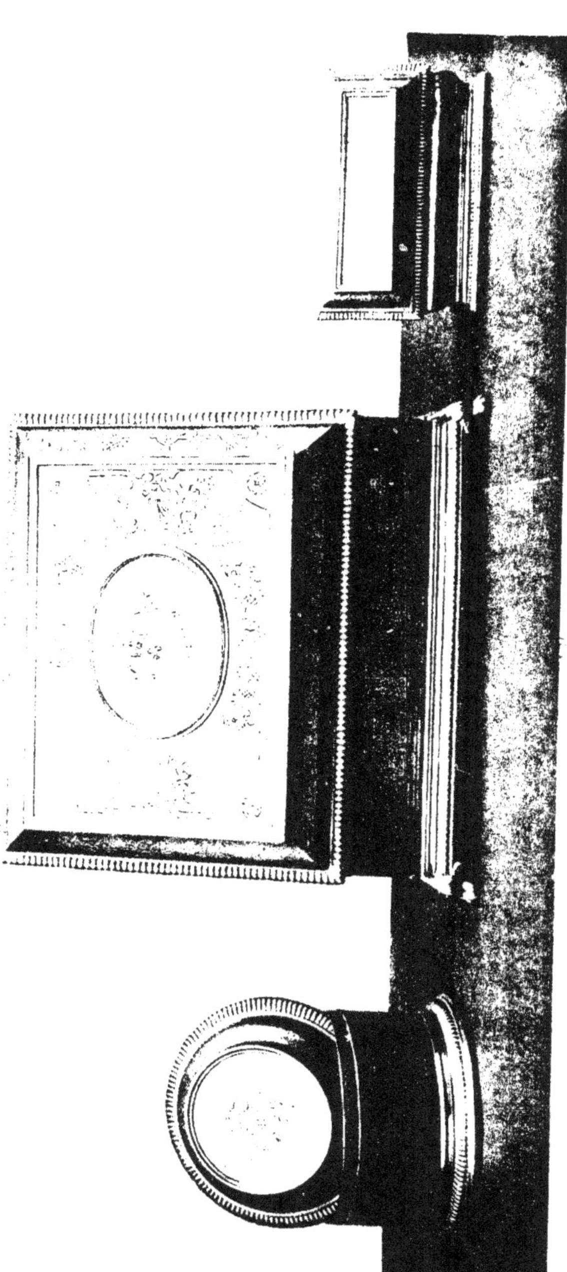

ronnés à contours lambrequinés et au bord
une suite de canaux.

Coupe oblongue sur piédouche, avec blason
au centre; encadrement à dessin très fin en
gravure et bordure à canaux.

Deux boîtes rondes à poudre, deux autres
moins grandes à pommade, gravées au pour-
tour et dessus avec blason, bords à canaux.

Boîte ronde plus petite, décorée dans le
même goût, bordure à chaînettes entrelacées
et ciselées.

Petit gobelet à couvercle fond gravé, bords
à chaînettes enlacées et ciselées, avec suite
d'ornements en relief sur fond sablé se déta-
chant autour de la partie inférieure.

Deux petits vases avec couvercles tout
gravés, bordure et piédouche à canaux.

Coffret à ouvrage avec pelote sur le couvercle, forme rectangulaire, élevé sur quatre
pieds à griffes feuillagées.

Brosse avec dessus oblong à coins cintrés,
décor à armoirie, ornements et canaux.

Deux boîtes rectangulaires à charnières, dessin très fin, armoirie au centre du couvercle et bordure à canaux.

Le tout est renfermé dans un coffre en cuir clouté de l'époque, intérieur gainé de velours vert et portant le chiffre de la senora Castillo Branco.

www.ingramcontent.com/pod-product-compliance
Lightning Source LLC
LaVergne TN
LVHW012203170726
843503LV00009B/4343